Sebastian 23

Purer Unfug

Fotos von Quatsch und komische Texte

WortArt

Purer Unfug

Vorwort

Guten Tag.

Mein Name ist Torsten Sträter, und streng genommen bin ich Sebastian 23s Kreatur. Er hat mich sozusagen erschaffen. In einer Art Schnelldurchlauf.
Im Jahre des Herrn 2008 begann ich, mich in der Bühnensportart Poetry Slam zu versuchen. Sie kennen das vielleicht: Selbst geschriebener Text, 5 Minuten Zeit, zack auf die Bühne und das Publikum stimmt ab.
Nach einigen Dümpeleien bei örtlichen Slam-Abenden fasste ich mir ein Herz (wie ich diese Formulierung liebe. »Er fasste sich ein Herz.« Wessen Herz? Es klingt, als wäre es eine Riesensauerei) und fuhr an einem Sonntagabend im September 2008 nach Bochum.

Poetry Slam unter der Knute des Verfassers dieses Buches.
Ich kannte Sebastian jetzt nur von Erzählungen. Groß sei er, hieß es, oder auch klein, Mann, sei der klein. Oder jung. Lange dabei. Künstlername 23. Aber älter. Ich weiß noch, wie ich dachte: »Den erkenne ich nie und nimmer«, ging dann aber.
So lernten wir uns kennen.
Und egal was ich tat, quasi immer stand mir Sebastian mit Ratschlägen zur Seite. Tipps wie: »Sträter, fahr ab und zu Zug, dann kommst du auch mal pünktlich zu Auftritten« brannten sich mir ins Gedächtnis. Ich hab's trotzdem meistens nicht gemacht, weil man im Zug nicht rauchen oder Songs von ABBA mitbrüllen kann, aber im Gedächtnis brannten seine Tipps auf jeden Fall.
Sebastian nimmt indes meistens den Zug. Deswegen sieht er mehr als ich. Er reist zudem mit leichtem Gepäck. Habe ich selbst gesehen. Die Tour Hückeswagen – Freiburg – Hamburg – Hoppegarten – Dortmund – Linz bestritt er lediglich mit einem feuchten Lappen und einem Kotelett. So was imponiert mir. Man selbst baut ja für eine Show im Nachbarort schon mal alle Phonomöbel ab, einfach, damit man was von zu Hause dabeihat. Man weiß ja nie. Sebastians Reisen hingegen verströmen stets den Charme eines beiläufigen Abenteuers; es ist diese Tom-Sawyer-Nummer, ein Trip, auf dem viel gelächelt wird und man

es nimmt, wie es kommt. Zudem ist er ein Allround-Talent. Er spielt Gitarre, kann Gedichte … »machen« und auswendig vortragen, Klavier spielen und tausend Sachen mehr. Meine Lieblingsperformance bleibt aber das Happening in Bern, wo er komplett in Wolle gekleidet mit einem Stock gegen einen Gullideckel schlug. 9 Franken Eintritt. Klingt erst mal teuer, aber für 9 Franken gibt es in der Schweiz NICHTS! Ein Lutscher kostet 11 Franken, einatmen 18, und 30 Franken kosten 40 Franken. Verrücktes Volk. Ich schweife ab.

Sebastian fotografiert auch. Aus der Hüfte. Während man selbst als gepäckbehängter, schwitzender alter Eumel den Künstlereingang in Wo-bin-ich-noch-mal sucht, hat Sebastian bereits alles vom Ort gesehen. Er hat da ein Auge für. So formuliert man das bei uns. »Er hat da ein Auge für.«

Er stellt Zusammenhänge her, wo ich keine sehe. Deswegen raucht er auch nicht. Ich schon. Klar, auf den Zigarettenpackungen steht: »RAUCHEN GEFÄHRDET DIE GESUNDHEIT«, aber sobald die Kippe brennt, halte ich sie nach jedem Zug immer schön vom Gesicht weg. Die Spitze glüht ja. Ich bin nicht dumm. Nun, gelegentlich schon. Bei einem Auftritt in Düsseldorf suchte ich mal live und vor Publikum meinen Text. Lange. Fahrig. Ich schichtete Tonnen von Papier um, murmelte »Sackzement« und »Arschlecken hier«, fand schließlich etwas anderes zum Vortragen und stellte im weiteren Verlauf fest, dass der rote Faden dieser Geschichte nur als geistiges Grobkonzept existierte, also weit von seiner Marktreife entfernt war. Auch da stand mir Sebastian zur Seite. Er ergriff meine Schulter, sah mir in die Augen und sagte: »Das war ein ganz souveräner Moment.«

Zeit also, einfach mal danke zu sagen. Also, Sebastian: »Danke.«

Du bist zu tausend Orten gereist, meist mit nichts am Leib als dieser Schiebermütze, hast viel gesehen und einiges davon geknipst. Ich sage bewusst »geknipst«, weil »fotografiert« unangemessen technisch klingt.

Was du nicht weißt, ist, dass ich dir vor einigen Jahren ein Gedicht geschrieben habe. Es ging um ein Preisausschreiben. Gab eine CD von dir zu gewinnen. Bereits damals, 2009, war ich so lyrisch wie der bofrost-Mann, schrieb aber trotzdem ein Gedicht. Das war die Anforderung. Es ist nicht gut, stellt sich jedoch auf als flammende Metapher übers Reisen, über das Ankommen, das Gleiten des Subjekts durch die Bahnen, die da Straße und zugleich Befindlichkeit sind, Harren und Betrachten, Bockwurst und Senf. Im weitesten Sinn.

Stadt – Land – Stuss

Ich jaule in Kaule (bei Frankenhain)
Brüll' in Brühl (wie Frankenstein)
Ich tobe wie besessen durch Essen –
Und schubse Omis vor Züge in Goch.
Liegt die Omma vorm Zuch,
ist es längst nicht genuch,
dann kommt mir in Halle
die Galle hoch.
Ich werd' winseln in Minseln
(das liegt bei Rheinfelden),
werde in Struht meine Wut
vermelden,
dann Minden schinden, Siegen biegen,
Hamm an den Hammelbeinen kriegen.
Und letzten Endes schrei' ich in Danzig:
»ICH WILL DIE CD
VON HERRN DREIUNDZWANZIG!«

Ich habe damals die CD übrigens gewonnen. Die Beteiligung am Ausschreiben war aber auch nicht besonders hoch.
So.
Ab hier wird dieses Buch schlagartig besser.

Ein Schild war wohl billiger als ein Anstrich der Fassade.

Fundort: Köln

Nein!

Fundort: Marburg

Gegen die Stadt Freiburg haben mehrere Anwohner geklagt, weil der Fahrradweg in Wirklichkeit ab dem Schild noch 14 Meter und zweieinhalb Zentimeter lang ist. Unfallgefahr.

Die Hegel'sche Dialektik, dargestellt von einem Parkplatz hinter dem Bahnhof in Duisburg. Es zeichnet sich ab, dass viele meiner Fotos in Bahnhofsnähe entstanden sind. Wenn ich dereinst alle Schnappschüsse entlang der Trassen des Landes gemacht habe, steige ich aufs Auto um und bereise das Straßennetz.

Eine Einbahn-
straße in einem
Schwellenland.
Fundort: Eifel

Das wohl erfolgloseste Verbotsschild Deutschlands steht in Osnabrück auf dem Vorplatz des Hauptbahnhofs.

No dogs and no hot dogs. Hunde sind in diesem chinesischen Supermarkt weder roh noch verarbeitet erlaubt.

Fundort: Bochum

Streit ist keine gute Sache – davon kriegt man nur saure Nieren!

Fundort: Freiburg

Diese Pommes-Tüte sieht harmlos aus, aber nachdem sie Crystal Meth ausprobiert hatte, ging es mit ihr abwärts, wie man auf dem nächsten Bild sehen kann.

Fundort: Xanten

Jetzt sieht sie eher aus wie eine umlackierte Coffee-Shop-Werbung.

Fundort: Xanten

Hochspannung

Herr Mitschnitt: »Bitte kommen Sie herein, nehmen Sie Platz und sich ein Plätzchen, wenn Sie mögen.«

Herr Klawitter: »Ja, vielen Dank. Aber wo bin ich hier denn eigentlich?«

Herr Mitschnitt: »Die Frage ist viel eher, was Sie sind.«

Herr Klawitter: »Was bin ich denn?«

Herr Mitschnitt: »Tot.«

Herr Klawitter: »Ach, das ist ja ärgerlich. Ich hatte mir grade eine Jahreskarte für den Zoo gekauft.«

Herr Mitschnitt: »Das ist in der Tat ein bedauerlicher Umstand.«

Herr Klawitter: »Und wo bin ich hier?«

Herr Mitschnitt: »In der ZVJ – der Zentralen Vergabestelle für Jenseitsplätze.«

Herr Klawitter: »Das klingt ja nicht schlecht. Kann ich nach Freiburg?«

Herr Mitschnitt: »Aber da kommen Sie doch grade her.«

Herr Klawitter: »Stimmt auch wieder.«

Herr Mitschnitt: »Außerdem gibt es hier leider nur zwei Optionen. Himmel oder Hölle.«

Herr Klawitter: »Hölle, Hölle, Hölle.«

Herr Mitschnitt: »Im Ernst?«

Herr Klawitter: »Nein, ich musste nur an den Song denken.«

Herr Mitschnitt: »Welchen Song denn?«

Herr Klawitter: »Das Titellied der Schlümpfe.«

Herr Mitschnitt: »Wie auch immer. Darf ich fragen: Wie sind Sie denn umgekommen?«

Herr Klawitter: »Lassen Sie mich überlegen.«

Herr Mitschnitt: »Ihrem Haarschnitt nach zu urteilen war Elektrizität im Spiel.«

Herr Klawitter: »Ich kam grade vom Angeln, soweit ich mich erinnere. Es war ein ruhiger Tag, was ja beim Angeln schon mal vorkommt. Aber ich hatte diesmal wirklich nichts gefangen, also schulterte ich meine Angel und verließ das Ufer des Sees. Auf dem Heimweg kam ich an einer Hochspannungsleitung vorbei.«

Herr Mitschnitt: »Und da sind Sie dann aus Versehen mit der Angel dran hängen geblieben?«

Herr Klawitter: »Nein, ich habe die Angel an die Leitung gehalten.«

Herr Mitschnitt: »Aber warum?«

Herr Klawitter: »Man sagt doch: ›Die dicksten Fische schwimmen mit dem Strom.‹«

Herr Mitschnitt: »Nein, man sagt: ›Nur tote Fische schwimmen mit dem Strom.‹ Und damit meint man nicht den elektrischen Strom, Herr Klawitter.«

Herr Klawitter: »Ach, das ist jetzt aber auch wieder ärgerlich. Aber dann finde ich ja hier vielleicht welche.«

Herr Mitschnitt: »Was?«

Herr Klawitter: »Na, tote Fische. Die müssen ja dann auch hier landen, dann kann ich ja einen davon fangen. Sind die eher in der Hölle oder im Himmel?«

Herr Mitschnitt: »Die meisten Fische kommen in die Hölle. Sie glauben gar nicht, was für unzüchtige Gedanken so ein Karpfen hat und wie durchtrieben eine Forelle sich verhält.«

Herr Klawitter: »Das Verhalten der Forellen war mir stets suspekt.«

Herr Mitschnitt: »Sie haben eine gute Menschenkenntnis, was Forellen angeht.«

Herr Klawitter: »Ich hab vor allen Dingen Hunger, was Forellen angeht.«

Herr Mitschnitt: »Im See hätten Sie aber eh keine Forelle gefangen.«

Herr Klawitter: »Warum das denn nicht?«

Herr Mitschnitt: »Die Forelle ist ein Seefisch.«

Herr Klawitter: »Das ist mir zu hoch.«

Herr Mitschnitt: »Leider war Ihnen die Hochspannungsleitung nicht zu hoch.«

Herr Klawitter: »Bei Hochspannungsleitung muss ich immer an Hitchcock denken.«

Herr Mitschnitt: »Weil da immer die Vögel draufsitzen?«

Herr Klawitter: »Nein, weil er als Regisseur immer die Hochspannung leitete.«

Herr Mitschnitt: »Er scheint mir Ihr Vorbild gewesen zu sein.«

Herr Klawitter:	»Fürwahr.«
Herr Mitschnitt:	»Habe ich Sie richtig verstanden – Sie wollen in die Hölle?«
Herr Klawitter:	»Es scheint mir für einen Angler die richtige Wahl.«
Herr Mitschnitt:	»Aber im Feuer lässt sich schlecht angeln.«
Herr Klawitter:	»Noch schlechter als in einem Hitchcock? Äh, ich meine, in einer Hochspannungsleitung?«
Herr Mitschnitt:	»Ja, in der Tat.«
Herr Klawitter:	»Wie sind denn die Gewässer im Himmel?«
Herr Mitschnitt:	»Dort sind nur Wolken und Engelschöre.«
Herr Klawitter:	»Kein See?«
Herr Mitschnitt:	»Nein.«
Herr Klawitter:	»Nirgendwo im Jenseits?«
Herr Mitschnitt:	»Nein.«
Herr Klawitter:	»Keine Hochspannungs…?«
Herr Mitschnitt:	»Nein.«
Herr Klawitter:	»Das ist ja ärgerlich. Dann gehe ich halt in die Hölle … Heute ist eh irgendwie der Wurm drin.«
Herr Mitschnitt:	»Apropos: Schicken Sie doch beim Rausgehen bitte den Wurm rein.«

(Herr Klawitter verlässt den Raum, ein Wurm kommt herein.)

Herr Mitschnitt:	»Bitte kommen Sie herein, nehmen Sie Platz und sich ein Plätzchen, wenn Sie mögen. Was ist Ihnen denn passiert?«
Wurm:	»Ach, irgend so ein Idiot hat mir erst einen Haken in den Bauch gerammt und mich dann in eine Hochspannungsleitung geworfen.«

Wo auch sonst?

Fundort: Marburg, untenrum

Ach herrje, was ist denn ein »Baby Fiaker«? »Das Kleine, in dem Großes steckt.«?

Fundort: Berlin

Es ist eine Sache, seinen Laden für Innenarchitektur »POPO« zu nennen. Aber muss man ihn dann mit Stuhl füllen? In Bremen macht man das anscheinend so.

Ich habe diese beiden dann gekauft und in mein Aquarium geworfen. Sie verstanden sich allerdings nicht besonders gut mit meinen Koi-Karpfen. Fundort: Bochum

Gefahrenstellen müssen gesichert werden.

Fundort: Herne

Immer mehr Bagger sind von gewöhnlichem Sex gelangweilt. Sie toben sich aus beim sogenannten Bagger-Gang-Bang.

Fundort: Trier

Ich bin ja jetzt auch nicht der führende Karnevalist, aber ich habe das Gefühl, dieser Supermarkt in Bochum ist noch schlechter auf das Thema zu sprechen.

Mittlerweile ist dieser Laden in Bochum leider wieder geschlossen, obwohl sich die Quantum-Engel-Heilung natürlich nach wie vor hoher Beliebtheit erfreut. Dass man nicht nur guten Kontakt nach oben, sondern auch nach unten hatte, beweist übrigens eindrücklich die Internet-Adresse des Geschäfts unten auf dem Schaufenster …

Noch so ein gescheitertes Schild.

Fundort: Mainz

Das Eis mit dem Namen »Pure Energy« kommt passenderweise in der Geschmacksrichtung »Lkw-Batterie« daher. Fundort: Dresden

Immer schön ernst bleiben

Gabi ist total traurig. Aber das reicht ihr noch nicht.
Sie denkt ganz fest an überfahrene Igelwelpen. Richtig mit der Dampfwalze plattgemacht in der Blüte ihrer Jugend, vom Stahl in die Zweidimensionalität gepresste Mini-Nager.
»Boah ja«, denkt sie, »das ist traurig.«
Plötzlich merkt sie, wie sich ein Lächeln anbahnt. Wo kommt das denn her?
Ihr ist eingefallen, wie der platte Igel bei einem Limbo-Contest gewinnt.
»Voll lustig«, denkt Gabi, »verflucht!«
Das ist genau ihr Humor. Und das ist genau ihr Problem.
Gut, man mag jetzt denken, dass jemand, der Gabi Kotelett heißt, noch ganz andere Probleme hat. Aber Gabi ist jetzt 27 Jahre alt und sie hat vor kurzem beim morgendlichen Blick in

den badezimmerlichen Klappschrankspiegel erste Falten entdeckt.
Vor Schreck hat sie ein bisschen gepupst.
Dann sprang sie vor den konkaven Schminkspiegel, der alles stark vergrößert, um sich Gewissheit zu verschaffen. Tatsächlich, da waren Falten und sie wuchsen, je näher sie dem Spiegel kam, als würde sie schneller altern als der *Harlem Shake.*
Erst waren da nur haarfeine Risse im ehemals makellosen Marmor ihrer Mimik, doch bald schon Spalten im Asphalt ihrer Visage, Lücken in ihrer Miene, hart zerfurchtes Antlitz, knietiefe Schluchten in den entgleisten Gesichtszügen, ein dämonischer physiognomischer Grand Canyon, ein Schwarzes Loch aus Schmerz und Steuererklärungen als Prophezeiung und Signatur des grimmigen Schnitters, der sie dereinst in die Grube holen würde, grade unterhalb des seltsam entrückten Haaransatzes.
Gabi wich zurück und sah, dass sie in Raserei eine Ecke aus dem Spiegel gebissen hatte.
Es war nicht zu verleugnen, da waren Falten, sie würde alsbald alt geworden sein. Noch war das Futur II, aber zeitnah würde es Präsens geworden sein haben müssen können.
Doch Gabi wusste, was zu tun ist, sie tat, was jeder von uns in dieser Situation getan hätte. Sie rannte zu ihrem Laptop und googelte: »Ich werde alt, was kann ich tun?«

Ein Stausee an Möglichkeiten brach durch den Damm ihrer Gedanken: Creme, Öl, Zitronensaft, Eiweiß, Gurkenmasken, Eigenurin, Dampfbäder, kalte Kompressen, Salbei, Tokio Hotel, Lindenblüten, Bachblüten, Honig, Mehl, Eier, Milch, Zucker, wobei ihr da am Ende aus Versehen ein Pfannekuchenrezept reingerutsch war.
Gabi Kotelett probierte alles aus. Sie cremte und ölte sich das Gesicht ein, kippte Zitronensaft und Eiweiß drüber, legte Gurken darauf, verrenkte sich fast den Rücken, bevor sie darauf kam, bei der Eigenurin-Anwendung ein Hilfsmittel einzusetzen, und so weiter. Alles nacheinander. Am Ende hatte sie 25 Schichten auf ihrem Gesicht zu einer beeindruckenden Maske aufgetürmt – und tatsächlich konnte sie die Falten nicht mehr sehen.
Aber nachdem sie später geduscht hatte, war der Zauber verflogen und die Falten waren immer noch an Ort und Stelle. Nicht wegzukriegen die Dinger. Wie Uli Hoeneß.
Sie war kurz davor, aufzugeben und sich in einer Seniorenresidenz anzumelden. Doch dann zuckte ein Lichtblick durch das Grau ihrer Situation. Gabi vertraute sich ihrer Freundin Ulrike Schinkenspeck an, die sie vor Jahren in der Selbsthilfegruppe für Frauen mit Fleischnachnamen kennengelernt hatte. Ulrike hatte einen Tipp für sie, ein super angesagtes Mittel aus dem Norden Kanadas, genauer gesagt von den Eskimos.

»Hast du schon mal einen Eskimo mit Falten gesehen?«, fragte Ulrike.
»Nein«, musste Gabi zugeben.
Und dann verengten sich Ulrikes Augen, die Lippen wurden schmaler und die Spannung, die sie aufbaute, war in der Luft greifbar wie ein sehr, sehr langsam fliegender Kondor. Ulrike senkte ihre Stimme und sagte: »Das ist, weil Eskimos niemals lachen.«
Diese Ansage verfehlte ihre Wirkung nicht, Gabi Kotelett war schwer beeindruckt.
Darum sitzt sie jetzt hier und versucht verzweifelt, ihr Lachen zu unterdrücken. Eigentlich klappt das auch sehr gut: Einmal in der Woche geht sie zum Nicht-lach-Yoga, sie macht freiwillig in ihrer Freizeit für alle Freunde die Steuererklärung und sie hat sich sogar die neue DVD von Mario Barth gekauft.
Aber heute ist es irgendwie schwierig. Vielleicht liegt es am aufkeimenden Frühling. Gabi würde am liebsten grinsen wie frisch paniert. Das geht natürlich nicht, all die Arbeit wäre futsch und die Lachfalten würden ihr den Rest geben. Also strengt sie sich an und konzentriert sich auf das, was ihr Nicht-lach-Yoga-Guru ihr gesagt hatte: »Der Ernst ist in dir, Gabi! Äußerlich magst du fröhlich wirken, aber tief innendrin bist du so langweilig wie eine Tennissocke im Streichelzoo. Suche das Grau in deinem Herzen und ziehe deine Kraft aus dieser Quelle.«

Also konzentriert sich Gabi auf was Unlustiges, um die Happiness zu vertreiben. Das mit den überfahrenen Igelwelpen war wohl noch nicht krass genug. Delfine mit Korken in den Atemlöchern? Brennende Behindertenkindergärten? Die GEMA? Markus Lanz?

Während sie so grübelt, fällt Gabis Blick auf den Klappschrankspiegel. Sie sieht ihr eigenes Gesicht, kleine Lachfalten liegen, verwelkten Blütenblättern gleich, um ihre Augen.

Bei diesem Anblick wird sie sofort ernst und schön. Im selben Moment wird Gabi die ultimative Beauty-Formel klar: Sich selbst hässlich zu finden ist der Pfad zu wahrer Schönheit, denn wahre Schönheit ist wie Scheiße: Sie kommt von innen.

Ob derjenige,
der das gemacht
hat, wohl auch
den Kopf seines
Opas zu Hause
überm Kamin
hängen hat?

Fundort: Essen

Nach einem halbstündigen, eher einseitigen Gespräch mit meiner Mutter merkte ich, dass der Typ im Telekom-Shop mich verarscht hatte. Fundort: Frauenfeld

Erst kauen, dann schauen und dann natürlich wieder kauen. So wird's gemacht.

Fundort: Passau

Aristotelische Logik, dargestellt von einem Ausverkaufsschild. Fundort: Duisburg

Aufgrund dieser Frage hat der Automat sich wundgekratzt.

Fundort: Bochum

Das ist doch mal eine gute Idee! In Deckung, Wilhelm Tell, jetzt schießen die Kids zurück!

Fundort: Freiburg

Wer seinen Laden »STYLING STYLE« oder »ass style« nennt, der verprügelt auch Igel. Fundorte: Mainz & Berlin

»Gisela, watt soll ich machen? Ich zieh die Schrift größer, bisse grad noch so auf den Zettel passt. Aber da is noch voll viel Platz drunter!« – »Boah, du Depp! Schreib datt doch einfach nomma da drunter, ey!«

Fundort: Marburg

Ich habe den Eindruck, hier ist öfter mal jemand auf der Suche nach dem Ausgang geradeaus gelaufen.

Fundort: Dortmund

Von Fug und Unfug

George Orwell hat einmal gesagt, dass derjenige, der sich frage, wie sehr Technik unseren Alltag bestimme, sich doch einfach einmal umschauen möge. In diesem Satz kann man getrost das Wort »Technik« durch das Wort »Unfug« ersetzen. Und alle anderen Wörter auch. Dann hieße der Satz: »Unfug, Unfug, Unfug, Unfug …«

Das ist natürlich völliger Unfug und beweist sich damit selbst: Im Alltag ist mehr Unfug als Nullen in den Staatsschulden Deutschlands. Allzu oft kommt man sich vor wie das Holzstäbchen inmitten einer Zuckerwattewolke aus Seltsamkeiten, bizarren Einfällen und hanebüchenen Formulierungen.

Man muss sich dafür nicht mal aus dem Haus bewegen, heutzutage wird einem der Unfug bis in die Wohnung geliefert. Vor kurzem erreichte mich eine Mail des Naturschutzbundes Oldenburg, in der sie mich baten, bei einer Benefiz-Veranstaltung für bedrohte Steinkäuze aufzutreten. True story. Da wird im Niedersächsischen ein Greifvogel in Bedrängnis gebracht und in einer Krisensitzung beschließt man, zum äußersten Mittel zu greifen: Rufen wir einen Schriftsteller.

»Oh mein Gott, der Habicht brennt!«

»Lassen Sie mich durch, ich bin Autor!«

Ein anderes Mal forderte meine Krankenkasse eine Unterschrift meines Sohnes, weil dieser ja kürzlich geboren sei – und anders könne man ihn nicht rechtsgültig versichern. Da schlägt das junge Vaterherz vor Glück gleich noch ein paar Oktaven höher.

Ein Telekommunikationsunternehmen, dessen Namen ich aus Diskretionsgründen mal besser verschweige (aber es handelte sich um O_2), war

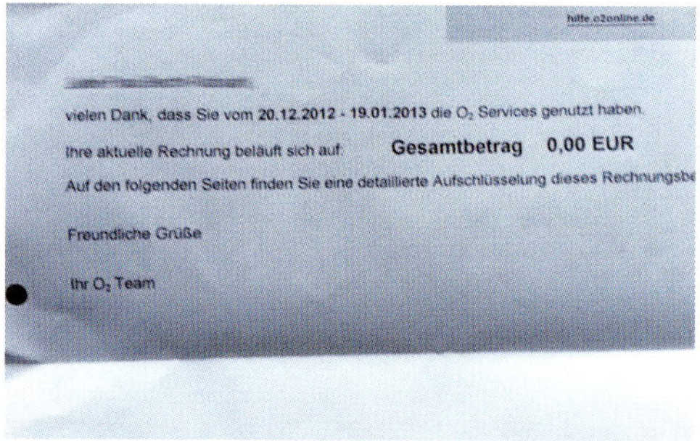
hilfe.o2online.de

[redacted]

vielen Dank, dass Sie vom 20.12.2012 - 19.01.2013 die O_2 Services genutzt haben.

Ihre aktuelle Rechnung beläuft sich auf: **Gesamtbetrag 0,00 EUR**

Auf den folgenden Seiten finden Sie eine detaillierte Aufschlüsselung dieses Rechnungsbe

Freundliche Grüße

Ihr O_2 Team

einmal so freundlich, mir eine Rechnung über 0,00 Euro zu schicken. Da sitzt man dann mit seiner Post am Schreibtisch und kann nicht sagen, ob jemand diesen Leuten Torfmulch in die Frühstücksflocken gebröselt hat oder ob einmal im Jahr einen Vormittag lang die geistig umnachtete Tochter des Vorstandsvorsitzenden im Kundenservice arbeiten darf.

Doch wäre ich stets zu Hause geblieben und hätte auf den Unfug gewartet, wäre dieses Buch nicht entstanden. In meiner Eigenschaft als tourender Bühnenkünstler war ich jedoch in der glücklichen Situation, in den letzten Jahren kreuz und quer durch Deutschland zu reisen und dem Unfug da zu begegnen, wo er passiert. Überall.

In Berlin sah ich mal in einer Bäckerei in der Auslage ein Schild, auf dem stand: »Auf Wunsch werden auch belegte Brötchen nachgemacht«. Darauf fragte ich die Bäckerin, ob sie mal ein Salami-Brötchen für mich nachmachen würde. Sie wollte aber nicht.

In Würzburg blieb mein Auge mal an einem Sexshop hängen, der in der Tat »6 Shop« hieß. Direkt darunter waren in etwas kleinerer Schrift »6 Videos« angekündigt. Leider konnte ich in dem Moment kein Foto davon machen, und als ich einige Zeit später wiederkam, war der Shop verschwunden. Wahrscheinlich hatte er nur sechs Kunden.

In Barcelona fiel mir vor wenigen Jahren in der U-Bahn ein Schild ins

Auge, auf dem stand, dass Schwarzfahren mit einer Strafe von 40 Euro sanktioniert wird, das Rauchen in der U-Bahn hingegen mit 30,05 Euro. Ich hoffe mal, dass derjenige, der die Strafe nicht passend zahlen kann, noch in der Bahn mit Elektroschocks therapiert wird.

Am meisten freute ich mich allerdings, als ich mal nahe dem Alexanderplatz in Berlin aus dem Taxi-Fenster heraus ein Etablissement entdeckte, das »Bar Melancholie« hieß. Ein Poster neben dem Eingang pries an, dass von 22 Uhr bis Mitternacht »Happy Hour« sei.

Im Schilderwald wimmelt es aber auch von Bibern, immer wieder stolperte mein Auge über kleine Veränderungen und Ergänzungen. So sah ich in einem kleinen Provinzbahnhof ein Schild, auf dem »AusgangStadt« stand, bis jemand den Anfang und das Ende überklebt hatte. Jetzt stand dort »gangSta« – darauf muss man erst mal kommen.

Getoppt wurde das nur noch von einem Kondomautomaten, den ich auf einer Herrentoilette in München vorfand. Die Marke »R3« warb darauf mit der Aussage: »Der zuverlässige Gummischutz« – und jemand

hatte mit einigem Aufwand daraus durch Auskratzen von einigen Buchstaben Folgendes gemacht: »Der lässige Gummihut«.
Oft ist es aber nicht das Fundstück selbst, das mich interessiert, sondern die Geschichte, die sich dahinter verbirgt. Ein schönes Beispiel fand sich im Bahnhof Krefeld. Dort hatte jemand einen selbst beschriebenen Aufkleber an eine Bank geklebt, auf dem stand: »Benny, kleb auch mal wieder was auf, ich kämpf hier allein gegen die Schalker!!!«
Vor meinem Auge entfalteten sich sofort Bilder eines Kleinkrieges, der zwischen Anhängern des BVB und Schalke-Fans per Aufkleber-Schlacht im Krefelder Bahnhof ausgetragen wurde. Die Schalker waren wohl überlegen – am Ende gab es nur noch Benny und seinen Kumpel. Doch Benny klebte schon seit einiger Zeit nicht mehr und auch sonst schien der Kontakt abgerissen zu sein – vielleicht hatte er sich doch in die attraktive Schalkerin Gundula verknallt und war übergelaufen. Ganz allein, mit dem Rücken zur Wand greift der letzte BVBler zu einem letzten verzweifelten Strohhalm: Er wendet sich per Aufkleber an Benny und hofft, ihn auf diesem Weg, den sie so lange gemeinsam gegangen waren, doch noch zu erreichen.
Es mag sein, dass mancher Unfug auch erst im Kopf des Betrachters entsteht.

Manche wunderschönen Bilder haben es übrigens leider nicht in dieses Buch geschafft, weil ich nicht der einzige Jäger und Sammler des Unfugs bin. Ein Foto des türkischen Hotels »Goethe«, das im Namenszug Halbmond und Stern aufgenommen hat, fiel leider raus, weil der grandiose Jess Jochimsen ein fast identisches Bild in einem seiner munter-melancholischen Foto-Bücher über die Randbezirke deutscher Städte veröffentlicht hat. Ein bisschen gelacht habe ich trotzdem, denn das Hotel »Goethe« ist wirklich in einem der tristesten Randbezirke Deutschlands: mitten in der Münchener Innenstadt.

Aber keine Sorge, Freunde der gehobenen Nachmittagsunterhaltung, es gibt noch jede Menge zu entdecken da draußen und jetzt hier drinnen, denn mit diesem Buch kommt der Unfug ja endlich auch zu euch nach Hause.

Der Autor beim Betrachten eines ihm recht ähnlichen Hundes, den dereinst Martin Kippenberger gemalt hat.

Aufgenommen in Berlin

In meiner Freizeit
arbeite ich auch
als Hauseingang.
Fundort: Hameln

Rappen ist Silber, Schweigen ist Gold.

Fundort: Freiburg

Ich muss mir zwanghaft vorstellen, wie Herr Kühl sich zu Hause einen Eintopf macht und genau diesen Satz in den Kessel spricht.

Fundort: Köln

In Deutschland gilt das Recht auf freie Gestaltung des Vorgartens.

Fundort: Essen

Diese Dame ist glücklich, weil sie ein Salatblatt auf dem Brötchen hat.

Fundort: Osnabrück

»Wo können wir im Budget noch 8 Cent einsparen?« – »Nun, kürzen Sie doch den Etat für Heftzwecken.« Fundort: Bochum

5 Euro sind für mich jetzt eher 500 Cent als »Null Cent«, aber da rechnet jeder anders.
Kürzlich ist diese Schneiderei umgezogen – den tollen Namen hat man aber zum Glück mitgenommen.

Fundort: Bochum

Man kann sich vorstellen, wie Artur sich freute, als Schorsch neben ihm einzog. Fundort: Hamburg

Viele träumen
ja davon, reich
zu bleiben und
braun zu werden.
In Duisburg geht
das jetzt.

Mittlerweile ist die abgestürzte Pommes-Tüte vom Anfang dieses Buches übrigens Nationalist und treibt sich mit besoffenen Hotdog-Rockern rum.

Fundort: Bochum

Es gibt magische Momente. Zum Beispiel jener Moment, in dem der Gestalter dieses Schildes sich entschloss, das Wort »YEAH« hinzuzufügen.

Fundort: Luzern

Vergesst Liebe
und Frieden –
tief innendrin
machen uns nur
Karriere und
Hochschulreife
glücklich, wie
diese Plakate
beweisen!

Fundort: Zürich

»... mehr erleben mit Gleichgesinnten!«? Ich ahne schlimme Dinge ...

Fundort: Bochum

Das Foto ist schon etwas älter, der Laden heißt inzwischen angeblich »FaceWurscht«. Fundort: Würzburg

Was ist denn ein »Einkauf Shop«? Und was kommt da als Nächstes? Ein »Ess Restaurant«? Ein »Schuh to go«?

Fundort: Schweinfurt

BUMM.

Fundort: Leipzig

Es ist üblich, dass Bühnenkünstler die Zeit vor einem Auftritt in einer Garderobe oder einem Backstage-Raum verbringen. Meistens werden einem dort Speis und Trank angeboten, oft in interessanten Kombinationen und Mengen. Bei einem Solo-Auftritt in Essen (!) habe ich allerdings nicht schlecht gestaunt, was man mir als einzigem Künstler des Abends in den Backstage-Kühlschrank gestellt hatte. Welcher Mensch kann denn allein so viel Joghurt essen?

Das blaue Trinkpäckchen

Zirkusdirektor ist kein leichter Job. Bruce Brutkasten wusste das, denn er war Imker.

Doch das Imkerdasein schiss ihn an. Immerzu wartete er darauf, dass eine Horde Insekten ihre Waben vollkackte, damit er dann den klebrigen Mist aus den Sechsecken porkeln konnte. Bruce wollte kein Imker sein, er wollte viel lieber Zirkusdirektor sein. Allerdings war er zu schüchtern, um sich zu bewerben.

Eines schönen Tages spazierte nun eben jener Bruce Brutkasten eine handelsübliche Straße entlang. Verträumt nuckelte er an seinem Trinkpäckchen mit Orangensaft und fragte sich grade, welcher Idiot Orangen in blaue Päckchen abfüllte statt in orange.

Doch dann sah er etwas, das ihm den Atem verschlug. Am Ende der Straße, noch gut 100 Meter entfernt, sah er einen Elefanten auf sich zukommen.

»Heiliges Kirschkissen – ein Elefant auf der Straße!«, dachte Bruce.
Nach zweimaligem Zwinkern und einem Kniff in den Arm war der Elefant noch immer da. Groß und grau, mit Rüssel, Ohren und Stoßzähnen. Das Tier schien wütend zu sein, vermutlich wegen des Ausscheidens von Schalke 04 aus der Champions League, mutmaßte Bruce. Wie auch immer, der Elefant stieß grade mit dem Kopf einen geparkten Kleintransporter um. Das tonnenschwere Gefährt fiel auf die Seite und rutschte noch ein paar Meter weit gegen die Zapfsäule einer unabhängigen Tankstelle.
Eine Fontäne aus Super mit 95 Oktan schoss in die Luft wie ein brennbarer Springbrunnen. Schreiende Tankkunden flüchteten mit fuchtelnden Armen vor dem gefahrvollen Geysir, nur um nach ein paar Schritten des Elefanten gewahr zu werden.
Die armen Menschen waren plötzlich gefangen in einer Zwickmühle – vor sich der wütende Elefant, hinter sich die Todesfalle Tankstelle. Zu Fuß konnten sie nicht entkommen. Einige begannen, zu versuchen, sich mit den Händen einen Fluchttunnel durch den Asphalt zu buddeln. Andere flatterten mit den Armen und wollten offenbar wegfliegen. Beiden Ansätzen war die heute so wichtige Macher-Mentalität nicht abzusprechen, dennoch war den Leuten kein Erfolg beschieden.

Plein Sud

Seine Stunde war gekommen, das wusste Bruce – jetzt konnte er zeigen, was er draufhatte. Er stellte das blaue Trinkpäckchen auf eine Fensterbank und rannte los. Er würde sein verborgenes Zirkusdirektor-Talent einsetzen, um den Elefanten zu dressieren, die Leute aus der Gefahrenzone zu moderieren und die Benzinfontäne durch einen Feuerreifen springen zu lassen.

Hinter einem Kombi sprangen wie aus dem Nichts ein Sibirischer Tiger und 13 Erdmännchen hervor. Bruce erschrak, und mit der Wucht eines Dampfhammers traf ihn die Erkenntnis, was passiert sein musste: Der Tag der offenen Tür im örtlichen Zoo war offenbar von den Veranstaltern nicht gründlich durchdacht worden. Bruce legte noch einen Schritt zu. Es musste von exotischen Tieren in der Innenstadt nur so wimmeln.

Wie zur Bestätigung hüpfte ein Känguru herbei und boxte den Tiger weg. Eines der Erdmännchen nickte dankbar und zog dann dem Känguru eine Schachtel Zigaretten und ein Feuerzeug aus dem Beutel.

Bruce hörte sich schreien, während er immer noch rannte. Der Benzingeruch stach schon in seine Nase, nur noch wenige Meter trennten ihn vom Geschehen. Er streckte seinen Arm in Richtung des Erdmännchens mit der Kippe im Mundwinkel.

»TÖÖÖRRRRRRRRRÖÖÖ!«

Er hatte für einen Moment nicht auf den Elefanten geachtet und nun traf dieser ihn mit einem geschwungenen Stoßzahn und doppelter Wucht. Bruce hob ab und flog.
In Zeitlupe sah er, wie ihm die Tankkunden mit den flatternden Armen neidisch hinterhersahen. Bruce sah, wie sich mittlerweile ein knöcheltiefer See aus Benzin gebildet hatte, in dem alle standen. Er sah zwölf Erdmännchen den anderen Passanten beim Buddeln helfen. Er sah das Känguru, das nun auch den Elefanten umboxte, der wiederum knirschend auf den Tiger zustürzte. Eine Sekunde später war das alles egal, denn das 13. Erdmännchen zündete das Zippo und alles wurde Licht.
Noch fliegend wurde Bruce erneut beschleunigt und prallte hart gegen die Außenwerbung einer Sparkasse. Bevor es schwarz um ihn wurde, sah er noch, wie das Sparkassen-Symbol, dieses seltsame »S« mit dem Punkt darüber, sich aus der oberen Halterung löste und im Uhrzeigersinn drehte, bis es als verdrehtes rotes Fragezeichen stehen blieb.

Manchmal kommt alles zusammen: die pfiffige Idee des Fotografen, die Kundin in eine Leiter zu klemmen, der wunderschöne Hintergrund und der Wunsch, das Bild am Ende als Werbung ins Schaufenster zu stellen.

Fundort: Hamm

»Immer diese lästige Putzerei! Gibt es denn da keinen Bischof, der das übernehmen könnte? Wofür bin ich denn in der Kirche?« Fundort: Wien

Wenn Subway im Keller ist, wieso zeigt der Pfeil dann nach oben? Und was treibt das Strichmännchen da links auf der Treppe?

Fundort: Bahnhof

Spaßfotos müssen nicht teurer sein als normale Fotos. Unter Spaß versteht man übrigens, dass ein paar bunte Kreise drumrum sind.

Fundort: Bochum

In der heutigen Informationsgesellschaft bedeutet Wissen den Sieg. Fundort ist überraschenderweise Wissen an der Sieg.

Man möge den König der Besserwisser Bastian Sick vor dieser Außenwerbung festbinden, bis er platzt.

Fundort: Bochum

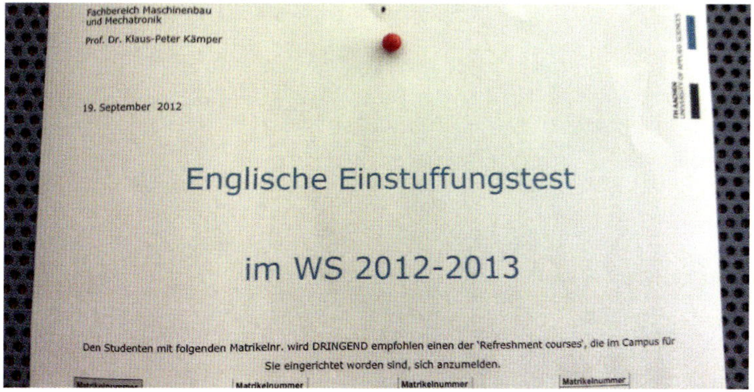

Aber einmal muss ich auch klugscheißen: Wer andere dazu auffordert, seine Sprachkenntnisse aufzufrischen, sollte darauf achten, dass er seinen Stuff beherrscht.

Fundort: Aachen

Ich habe den Verdacht, wenn man diesen Notruf drückt, passiert nichts, außer dass man von der Sirene oberhalb lautstark geföhnt wird.

Fundort: Bochum

Die Sehnsucht der Glühbirne nach ihrem Heimatplaneten.

Fundort: Freiburg

Sie wollen Ruhe? Dann kommen Sie zu uns! Wir quatschen Sie voll und klimpern Ihnen was vor!

Fundort: Heidelberg

Oft habe ich mich geärgert, dass ich für Sprühdosen, Proteine, T-Shirts, Gummiknüppel und Haschpfeifen in verschiedene Läden muss. Das hat jetzt ein Ende!

Fundort: Marburg

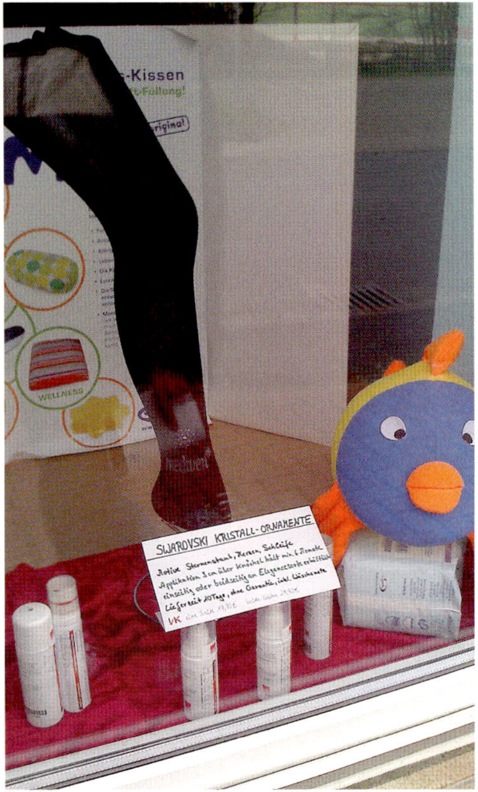
-Kissen
WELLNESS
SWAROVSKI KRISTALL-ORNAMENTE

€17.95

Die Gestaltung eines Schaufensters ist eine hohe Kunst. Manche haben kristallene Strumpfapplikationen und Stofffische auf Windeln, andere posende Babys. Ein Dritter bietet zwei Pferde und Mutter Teresa. Und schließlich sehen wir einen Copyshop mit Kaffeepackungen und leeren Biergläsern im Schaufenster.

Fundorte: Bochum, Berlin, Koblenz & Frankfurt

Manchmal, wenn man es sich ganz feste wünscht, kriegt man nicht nur wieder Haare, sondern auch eine Sonnenbrille. Dieses Werbekonzept verfolgt ein Frisör in Duisburg seit Jahren – ganz zu meiner Begeisterung.

Der alte Alte von der Neuen aus Wales

Schicksal! Hab Erbarmen, Dingo!
Du hast beim großen Damen-Bingo
dir ’ne Frau aus Wales gezogen
Sie ist, wie du erzählst, gewogen?

Doch ihr Ex ’nen Pöbel-Macker
mit ’nem Kreuz wie’n Möbelpacker
der deine freche Klappe mobbt
und dir auf die Mappe kloppt?

Waliser, der auf Rache sinnt
bis Blut aus einer Sache rinnt
die früher deine Nase war
jetzt ’ner zerbroch’nen Vase nah?

Ist sein Charakter mutterfickrig
und du durch maues Futter mickrig?
Willst du seinen Schlägen weichen?
Musst auf deinen Wegen schleichen

Denn er und seine britische Clique
werfen auf dich kritische Blicke?
Lass dich von keiner Tat ereilen
sondern dir den Rat erteilen:

Du könntest ja das Land verlassen
Lass Killer-Hände ins Leer fassen!
Doch die Flucht nach Kuba wär feiger
nur weil die Waliser la Visa verweigern

Schmach und Scham wär'n dann dein Sein
Doch Kühnheit und Triumph sei'n Dein
Du bist kein Ochs, kein Ackertier
Du bist ein Stier, drum attackier!

Guck nicht wie 'ne welke Fee
Miet dir einen Lkw
denn statt zu zittern wie 'ne Espe
brauchst du einfach mehr PS

Braust du einfach mit mehr Power
gegen ihn, hart wie per Mauer
triffst du ihn! Drum merke: Stahl
stahl ihm seine Stärke mal!

Und die Moral von meinen Worden
Du sollst statt zu weinen morden
Doch ich will keinen Hehl verwalten
Du kannst dich auch von Wales fernhalten

Filzstift: 1, moderne Technik: 0.
Fundort: ICE

Der Zauber dieses Reims entfaltet sich, wenn man ihn laut ausspricht. Fundort: Hamburg

Ich frage mich,
was es hier zu
kaufen gibt.

Fundort: Berlin

Schluss mit Plündern und Brandschatzen! Moderne nordische Invasoren greifen mit italienischer und türkischer Küche an!

Fundort: Freiburg

»Gute Werbung.«

Fundort: München

Was treibt einen Menschen dazu, ein paar Weintrauben, eine Zitronensaftpackung und ein Brötchen, welches mit einer Ketchup-Packung belegt ist, in die Kühltheke zu legen? So was macht mich fertig.

Fundort: Dortmund

Nichts sagt: »Du bist das Allerletzte!« oder: »Du widerliches Arschloch!« besser als Lebkuchen mit Zuckerguss. Fundort: Lübeck

Wenn die Treue ihren Anker lichtet, dann sticht sie bald in See. Ein Schelm, der Böses dabei denkt.

Fundort: Bremen

Endlich hat jemand herausgefunden, wozu dieses hahnähnliche Ding gut ist: zum Ablegen von Eis-am-Stiel-Stielen. Fundort: Duisburg

Superprall

1.
Dort wo sich die Ebenen zu Tälern verschmälern, da lebten seit jeher die Schwaben
Recht sparsam und froh, bis dann einer beschloss: »Komm, lass uns den Bahnhof begraben!
Kehrwoche hin und Maultasche her, das Ding kommt jetzt unter die Erde!
Da obendrauf bauen wir Business-Gebäude, auf dass das wie Frankfurt hier werde!«
Und alle so: »Yeah!« und keiner so: »Buh!«, denn zuerst hieß es: »Nur'n paar Millionen!
Ihr werdet schon sehn, das wird superprall, diese Investition wird sich lohnen!«
Doch schnell wollte man mehr, und ein Schwabe bemerkte, man hatte ihn gierig belogen
Da hat er voll Groll die Maultaschen gepackt und ist nach Berlin hingezogen

Frankfurt am Main

2.
Es klappern die Laptops im Rauschen der Spree, da leben seit jeher Berliner
Recht hip und recht froh, bis dann einer beschloss: »Komm, wir machen mal was gegen's Klima!
Club-Mate hin und Dönermann her, lasst uns einen Flughafen bauen!
Mit ganz vielen Terminals, so wie in Frankfurt! Das klappt, ihr könnt mir vertrauen!«
Und alle so: »Yeah!« und keiner so: »Buh!«, denn zuerst hieß es: »Nur ein paar Wochen!
Ihr werdet schon sehn, das wird superprall, dann ist's fertig, ganz ehrlich, versprochen!«
Unser Schwabe, der's hörte, platzte vor Wut fast aus seinen Hipstergewändern
Schrieb an Prenzlauer Hauswände: »Schwaben raus!« – und wollt sich in Hamburg verändern

3.
Auf der Reeperbahn nachts und bei Tag am Fischmarkt, da leben die Hamburger, die
Waren nordisch by nature, bis einer beschloss: »Komm, wir bauen 'ne Philharmonie!
Hoch überm Hafen, dann ist Platz für Klassik, die wir Seeleute seit jeher lieben!
Und wir kriegen 'ne Skyline, fast wie in Frankfurt, ganz ehrlich, ist nicht übertrieben!«
Und alle so: »Yeah!« und keiner so: »Buh!«, denn zuerst hieß es: »Das wird nicht teuer!
Ihr werdet schon sehn, das wird superprall und geht gar nicht zu Lasten der Steuer!«
Der Schwabe entsetzt, hat dann nicht mal mehr sein Fischbrötchen fertig gegessen
Wie weit noch nach Norden musst er wohl ziehen, bis die Leute Frankfurt vergessen?

4.
Hoch auf der Nordsee, im salzigen Wasser, da leben seit jeher die Wellen
Und schwimmende Schwaben, bis einer beschloss: »Komm, lass uns hier auch was hinstellen!
Ein Windpark wär toll, der macht Energie und die soll dann uns allen gehören!
Das wird zwar recht hässlich, so wie Frankfurt, doch wen soll das hier draußen stören?«
Und keiner so: »Yeah!« und einer so: »Buh!«, denn hier draußen war nur der Schwabe
Der kannte das schon und wusste sofort, hier trägt man Moneten zu Grabe
Natürlich wurd trotzdem sofort losgebaut, und was ist dann daraus geworden?
Wie jegliches Großbauwerk unserer Zeit – schon bei der Geburt verstorben

5.
Das alles ist tragisch und Zeichen des Hochmuts, mit dem uns Konzerne regieren
Doch so lange das WLAN hier ruckelfrei läuft, werden wir darauf kaum reagieren
Vielleicht posten wir einen zynischen Tweet oder klicken auf Facebook nicht »Like«
Vielleicht schreiben wir auch ein böses Gedicht oder machen mal halbtags 'nen Streik
Dann wird uns langweilig, weil doch nichts passiert, und wir schimpfen wieder aufs Wetter
Da glauben wir wenigstens, dass sich was tut: »Die Sonne ist unser Retter!«
Aber wo ist der Schwabe, den seine Wut so weit Richtung Norden getragen?
Der baut superprall mit Eskimos Iglus, weil sie so was in Frankfurt nicht haben

Revolution!
Revolution!
Fundort: München

Der Experte rät: Man sollte immer einen hohen Zaun aufstellen zwischen Gartenstühlen und größeren Ansammlungen von Bildschirmen, die sich um einen Betonmischer versammeln!

Fundort: Bochum

Über diese Skulptur habe ich etwa eine halbe Stunde gelacht. Dann wurde mir klar, dass sie vermutlich gar nicht als Witz gemeint ist, und ich lachte noch mehr.

Fundort: Hattingen

Wer auch immer diese Tür angebracht hat, hat den Balkon vergessen. Fundort: Berlin

Einer der Vorfahren von Josef Hirn war vermutlich ziemlich clever. Oder eben dumm. Fundort: Stuttgart

Ist das jetzt ein Fahrradweg oder ein Gehweg? Ich habe Angst!

Fundort: Köln

In Spanien herrscht eine weit verbreitete Angst, von automatischen Türen kastriert zu werden.

Fundort: Sevilla

Wenn man dringend vermeiden will, dass jemand reinkommt – oder grade 27 Verbotsschilder auf Halde hat –, dann sehen die Türen schon mal so aus …

Fundort: Basel

Recht haben Sie! Gehen Sie hin und schreiben Sie unter jedes Schild, das immer gilt, dass es von 0 Uhr bis 24 Uhr gilt. Fundort: Barcelona

»Es war wohl besser, das Fahrrad zu nehmen«, denkt der Mann vermutlich.

Fundort: Görlitz

Wenn der kleine Hunger kommt. Fundort: Lörrach

Die Unmöglichkeit, das Alphabet zu verlernen, dargestellt von zwei Bochumer Schildern.

Ende.

Fundort: Passau

1. Auflage 2013

Alle Bilder: © Sebastian 23
Projektkoordination: Judith Ngo
Layout und Satz: Friedemann Weise, inbeige
Korrektorat: Dr. Birgit Wüller
Umschlaggestaltung: Friedemann Weise, inbeige
Umschlagmotiv: © Sebastian 23
Druck und Bindung: CPI books GmbH, Ulm

Printed in Germany
ISBN: 978-3-942454-03-2